LA GRAN FAMILIA DE HOMBRE MOSCA

Tedd Arnold

SCHOLASTIC INC.

¡A Louise y Steve y
la gran familia Brown!

Originally published in English as *Fly Guy's Big Family*

Translated by Juan Pablo Lombana

ISBN 978-1-338-23158-8

10 9   21 22

Printed in U.S.A 40
First Spanish printing 2018

Book design by Steve Ponzo

Un niño tenía una mosca de mascota. La mosca se llamaba Hombre Mosca. Hombre Mosca podía decir el apodo del niño:

Capítulo 1

Buzz quería jugar.

Fue a buscar a Hombre Mosca.

—Ahí estás —dijo Buzz—.

¿Qué haces?

—Ah, estás haciendo dibujos de tu familia —dijo Buzz.

—Apuesto a que los extrañas —dijo Buzz.

—Zzí —dijo Hombre Mosca.

Buzz tenía un plan.

Hizo unos avisos pequeños con dibujos de Hombre Mosca.

Puso los avisos por todo el barrio.

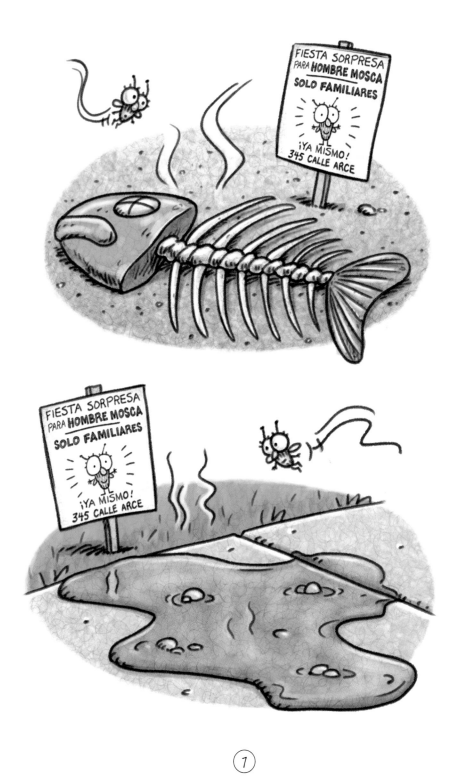

Buzz hizo una llamada especial.

Luego, esperó frente a su casa.

Capítulo 2

Una mosca se le acercó a Buzz.

—¿Quién eres tú? —dijo Buzz.

—¿Eres el primo de Hombre
Mosca? —preguntó Buzz.
—¡ZZÍ! —dijo la mosca.
—Qué bien —dijo Buzz—.
¡Adelante!

La mosca se veía preocupada.

—No hay matamoscas —dijo Buzz—. ¡Nuestra casa es segura!

El primo de Hombre
Mosca se volteó y gritó:

Miles de moscas salieron de donde estaban escondidas. Entraron volando a la casa.

—¡Vaya! —dijo Buzz—. ¡Las moscas tienen familias grandes!

—¡Silencio! —dijo Buzz
al llegar a su cuarto.

Abrió la puerta y dijo:
—Hombre Mosca, es hora de comer.

Hombre Mosca salió.

¡Hombre Mosca estaba muy
sorprendido!

Abrazó a su primo.

Abrazó a otro primo.

Abrazó a otro primo.

Capítulo 3

Hombre Mosca terminó de abrazar a toda la familia.

—¡Es hora de comer! ¡Síganme! —dijo Buzz.

Buzz, Hombre Mosca y todas las moscas llegaron al comedor.

La mamá y el papá de Buzz estaban sorprendidos.

—¿Qué vamos a hacer con todas estas moscas? —dijo su papá.

—No te preocupes —dijo
Buzz—. Son los familiares
de Hombre Mosca y tengo
un plan.

Buzz abrió la ventana.

—¡QUE EMPIECE LA FIESTA!

Afuera, un camión volcó un montón de basura en el patio y se fue.

Hombre Mosca y su familia salieron volando.

¡Hicieron la fiesta en la basura!

La mamá y el papá de Hombre Mosca habían traído algo para mostrarle.

Cuando todos se fueron a casa,

Buzz le dijo a Hombre Mosca:

—¡Qué buena fiesta! ¿Te sorprendimos?

—Mira —dijo Buzz—, te tengo otra sorpresa. ¡Tus dibujos!